Franz Clar

Einige Worte über ärztliche Schule und Praxis

Antigonos

Franz Clar

Einige Worte über ärztliche Schule und Praxis

Unveränderter Nachdruck der Originalausgabe von 1864.

1. Auflage 2024 | ISBN: 978-3-38636-804-9

Antigonos Verlag ist ein Imprint der Outlook Verlagsgesellschaft mbH.

Verlag: Outlook Verlag GmbH, Zeilweg 44, 60439 Frankfurt, Deutschland, info@outlook-verlag.de
Vertretungsberechtigt: E. Roepke, Zeilweg 44, 60439 Frankfurt, Deutschland
Druck: Libri Plureos GmbH, Friedensallee 273, 22763 Hamburg, Deutschland

EINIGE WORTE

ÜBER ÄRZTLICHE

SCHULE und PRAXIS

VON

Dʀ· FRANZ CLAR,

K. K. PROFESSOR AN DER CARL-FRANZENS-UNIVERSITÄT
ZU GRAZ.

———

MEINEN ZUHÖRERN GEWIDMET BEI ERÖFFNUNG DER
MEDICINISCHEN FACULTÄT ZU GRAZ.

GRAZ, 1864.

Einige Worte über ärztliche Schule und Praxis.

Wie unvollkommen auch die Praxis,
so wollen doch die Kranken nicht warten,
bis die Physiologen fertig sind.
Siebert an Schleiden.

I. Rückblicke.

Wenn die alten griechischen, dem Cultus des Aesculap einestheils, und anderentheils dem Dienste der Kranken sich widmenden Asclepiaden die Namen ihrer Kranken, die Namen der Krankheiten und die angewendeten Heilmittel nebst ihrem Erfolge auf Tafeln schrieben, so können wir das immerhin schon als ein jenen Zeitverhältnissen entsprechendes, sehr nützliches, wenn auch leider sehr kurzes klinisches Verfahren bezeichnen, in welchem namentlich die alten medicinischen Schulen zu Kos und Knidos die erfahrungsmässige Grundlage ihrer Wissenschaft fanden. Die ersten Kliniken waren somit die Tempel des Aesculap, das erste Studium ein empirisches.

Wenn später Hippokrates, der uns ja gegenwärtig noch ein leuchtendes Vorbild ist, wie man medicinische Theorie und Praxis trennen solle, am Krankenbette nur erfahrungsgemäss vorging, und seine theoretischen Ansichten, sein System oft und gerne der bewährten, wenn auch theoretisch noch nicht erklärten Heilmethode zum Opfer brachte, so finden wir das nachahmungswürdig; wenn in der Folge vorzüglich nach Plato's Beispiele die griechischen Philosophen, welche auch die Gesundheit und

Krankheit mit zum Gegenstande ihrer Betrachtungen über den Menschen machten, grosses Wirrsal in unserer meist auf Erfahrung sich gründenden Wissenschaft anrichteten, indem sie bei sehr ungenügender Kenntniss des Organismus Hypothesen als Dogmen aufstellten, so erkennen wir den Irrthum; wenn der gelehrte Galen allerdings durch seine Gelehrsamkeit, aber eben mehr durch seine oft gefehlte, aber immerhin logisch richtige Theorie und sein hypothesen reiches System, als durch wahre Erfahrungs-Thatsachen die medicinische Wissenschaft nahezu vom Anfange der christlichen Zeitrechnung bis in das 14te, ja 16te Jahrhundert hinauf, (bis Mondino de Luzzi und Vesal), beherrschte; wenn seit Vesal Entdeckung auf Entdeckung in der Anatomie und seit Harvey und Haller in der Physiologie des Menschen folgte; wenn durch Bichat, durch Johannes Müller und viele ganz in ihrem Geiste fortarbeitende Forscher der Gegenwart die Anatomie und Physiologie des Menschen, besonders unter Beihilfe der chemischen Untersuchung und des Mikroskops zu einer kaum geahnten Höhe gelangten; wenn seit dem Ende des 17ten Jahrhunderts die pathologische Anatomie durch Morgagni's Entdeckungen den vorzüglichsten Anstoss erhielt, und nachdem dieselbe, nur langsam sich emporringend, erst in der ersten Hälfte des 19ten Jahrhunderts jenen Standpunct erlangte, der ihr gebührt; wenn nun in der Gegenwart die erfahrungsgemässen Resultate der Physiologie und pathologischen Anatomie die Grundlagen abgeben für die theoretische und practische Medicin, und keine Theorie versucht werden darf, ohne die Erfahrung zu fragen; wenn das Alles seine analoge Anwendung im entsprechenden Grade auch auf andere Hilfswissenschaften findet: so können wir immerhin sagen, dass in der Gegenwart eine rationelle Empirie die Leuchte unserer Wissenschaft in Theorie und Praxis bilde.

Alle die verschiedenen Theorien von der Schule der alten Dogmatiker durch die der Empiriker, Theoretiker und ·diker hindurch, ferner durch die Galen'sche Medicin, wie sie von den Arabern, später von den Schulen zu Monte Casino und Salerno, und noch später in den (meist von dem deutschen Hohenstaufen Friedrich II. gegründeten) italienischen Universitäten und Schulen zu Neapel, Bologna, Messina, Padua und Pavia um die Mitte des 13ten Jahrhunderts gepflegt wurde, ferner durch die geniale Dichtung mit Wahrheit des Paracelsus und seiner Anhänger, durch die einseitigen Ansichten und Bestrebungen der Iatrochemiker und Iatromechaniker bis auf die Symptomatiker, Antigastriker, Brownianer, Naturphilosophen, Theoretiker und Empiriker der neueren Zeit hindurch, konnten für den eigentlichen Fortschritt der Medicin nur einen sehr bedingten Nutzen gewähren, inwieferne sie nämlich bei den verschiedenen Kämpfen der Systeme gegen einander doch auch zeitweilig zu gründlicherer Forschung und mancherlei Entdeckungen führten, welche dauernden Werth behielten.

In dem Verhältnisse nämlich, als dabei die Erscheinungen in der Natur, am Lebenden und an der Leiche objectiv beobachtet wurden, hatten ihre Resultate auch einen bleibenden Werth. Und so kam es, dass man allmälig die Ueberzeugung erlangte, es könne für die Medicin nur in der gleichzeitigen Pflege der gesammten Naturwissenschaften, insbesondere aber der gesammten naturhistorischen Fächer, sowie der Physik und Chemie Heil erwachsen und zu weiteren Entdeckungen führen. Wir müssen sie daher als unentbehrliche Hilfswissenschaften bezeichnen, wenn wir Anatomie und Physiologie, pathologische Anatomie und Pathologie, sowie die sogenannten practischen Fächer mit Inbegriff der Staatsarzneikunde mit Erfolg cultiviren wollen, d. h., wenn wir erkennen und heilen wollen.

Wenn wir nun, eingedenk der Verirrungen des menschlichen Verstandes, sowie eingedenk der Wahrheit einer sorgfältig geschulten objectiven Natur-Beobachtung, einen sichern Weg zum Ziele einschlagen wollen, so ergibt sich uns eine Reihenfolge, die wir dem angehenden Arzte nicht genug empfehlen können.

Wir können unsere vorbereitenden und ausübenden Wissenschaften, welche das Gesammtgebiet des medicinischen Studiums für die Gegenwart ausmachen, am besten so eintheilen, dass wir die Wissenschaften in solche sondern, welche a) der **Erkenntniss des normalen und krankhaften Lebens** dienen, und b) in solche, welche mit der **Erhaltung der Gesundheit** und der **Heilung** der Krankheit sich beschäftigen. Die Wissenschaften, welche uns

a) in der **Erkenntniss** des normalen und krankhaften Lebens unterstützen, sind:

1. Die **mathematisch - naturwissenschaftlichen Fächer**, als: die Mathematik, die Physik, die Chemie, die Mineralogie, die Botanik und Zoologie, welche durch die Erkenntniss der umgebenden Natur auch die Erkenntniss des normalen und krankhaften Lebens zu fördern im Stande sind.

2. Die sogenannten **anthropologischen Fächer**, wozu die **physiologischen** Disciplinen, oder die Anatomie, Chemie, Physik und Physiologie des Menschen im normalen Zustande, und die **pathologischen** Disciplinen, oder die Anatomie, Chemie, Physik und Physiologie im kranken Zustande gehören und zwar diese Wissenschaften wieder entweder in allgemeiner oder specieller Anwendung.

b) Die Disciplinen, welche der **Verhütung** und **Heilung** der Krankheiten dienen, sind: 1. Die allgemeine Therapie mit Inbegriff der Heilmittellehre und Hygiene und 2. die specielle Therapie. Die Staatsarzneikunde und die vergleichende und geschichtliche Heilkunde müssen, wenn auch nicht geradezu der Erkenntniss und Heilung der Krankheiten des Menschen dienend, so doch als nothwendige Erfordernisse theils der Gesellschaft im Staate, theils eines besseren und gründlicheren Studiums angesehen werden.

Es wird nicht überflüssig erscheinen, wenn wir zur besseren Übersicht der grossen Anzahl besonderer, in diesen allgemeinen

Rahmen einzufügender Wissenschaften uns gegenwärtig halten, was für Anforderungen man früher an die niederen und höheren medicinisch-chirurgischen Schulen stellte, welche die Grundlagen unserer nun bereits in voller Arbeit begriffenen medicinischen Facultät, und welche Wissenschaften anderwärts an thatsächlich ausgezeichneten und berühmten medicinischen Schulen mit Vorzug getrieben werden. Wollen wir uns zuerst in historischer und stufenweiser Folge vergegenwärtigen, was die alte medicinische Schule in Graz geleistet und welchen Studiengang sie befolgt, was die neue Facultät von der alten Schule überkommen, und was sie neu zu schaffen oder zu ergänzen sich veranlasst sah.

II. Die alte medicinische Schule in Graz.

Mir erscheint es geradezu als eine Pflicht der Pietät und Collegialität, an diesem Orte, gegenüber meinen einstigen und jetzigen Collegen im Lehramte, gegenüber den mannigfaltigen, oft sehr unvollkommen unterrichteten Zeitungs-Correspondenzen, unter denen mehrere es nicht verschmähten, Greise zu verunglimpfen, welche dem Unterrichte ihr Leben gewidmet, und nun in ihrem hohen Alter an der Grenze ihrer Wirksamkeit angelangt, kurz vor ihrem Eintritte in den wohlverdienten Ruhestand sich auf das Unzarteste verletzt sehen mussten, der alten Schule etwas ausführlicher zu gedenken.

Wenn wir, was namentlich die ältere medicinisch - chirurgische Schule in Graz anbelangt, auf ihre allmälige Entwicklung zu einer Lehranstalt, wie sie in den letzten Jahren bestand, Rücksicht nehmen, so finden wir, dass erst im Jahre 1774 ein Professor der Chirurgie, und im Jahre 1776 ein Lehrer der Anatomie angestellt wurde, und die Grazer Wundärzte erhielten im Jahre 1777 die Weisung, die Vorlesungen derselben fleissig zu besuchen.

Ein Hebammen - Unterricht bestand bereits seit dem Jahre 1758 und seit 1759 eine förmliche Hebammenschule, welche aber 1777 erweitert und verbessert und 1784 mit der chirurgischen Lehranstalt vereinigt wurde; da auch die Wundärzte zum Studium der Geburtshilfe angewiesen wurden. Vorträge über die Rettung der Scheintodten wurden seit 1780, und über Thierheilkunde seit 1781 durch einen eigenen Professor gehalten.

Im Jahre 1783 wurde eine Lehrkanzel für practische Medicin geschaffen, und das Krankenhaus dazu entsprechend eingerichtet. Die Aufsicht über das medicinisch-chirurgische Studium wurde dem jeweiligen Protomedicus übergeben, strenge Prüfungen mit 6 Examinatoren eingeführt, und der Lehrcurs auf zwei Jahre festgesetzt. — Im Jahre 1804 wurde ein neuer Studien-Plan vorgeschrieben und 1809 ein Lehrer der gerichtlichen Medicin ernannt.

Im Jahre 1810 wurde das pathologische Museum gegründet und 1828 ein, (später wieder aufgelassenes) Impfinstitut im Findelhause eingerichtet. Nach dem neuen Studien-Plane von 1833 wurde auch in Graz ein dreijähriger Lehrcursus eingeführt, eine Professur für Vorbereitungswissenschaften (welche Physik, Chemie und Botanik vereinigte), systemisirt, und 1838 erhielt auch die Secir-Anstalt ein neues Regulativ. Die Anstalt wurde seit der neuen Einrichtung der Universität (seit 1849) nicht mehr als mit derselben verbunden, sondern als der Universität aggregirt betrachtet. Seit dem Jahre 1853 wurde dieselbe auch theilweise mit für das eigentliche, der philosophischen Facultät angehörige pharmaceutische Studium benützt.

Vom Jahre 1858 an bestand das Lehrpersonale bereits aus 7 ordentlichen Professoren, 5 Docenten und 4 Assistenten, und die obligaten Lehrgegenstände, welche jährlich in den 3 Jahrgängen (freilich nach dem kurzen Zeitausmasse manche derselben nur in übersichtlicher Darstellung) zum Vortrage kamen, waren: descriptive Anatomie durch 2 Semester, Physik, Chemie und Botanik je durch 1 Semester, theoretische Medicin, insbesondere eine Uebersicht der Physiologie, der allgemeinen Pathologie, Pharmakognosie, Pharmakodynamik und allgemeine Therapie mit Einschaltung der Hygiene, je durch entsprechende Zeitabschnitte des ganzen Studienjahres, theoretische und practische Geburtshilfe 1 Semester, Seuchenlehre und Veterinär-Polizei 1 Semester, specielle medicinische und chirurgische Pathologie nebst Klinik je durch 2 Semester, chirurgische Operations-Lehre, Instrumenten- und Bandagen-Lehre je durch entsprechende Abschnitte des Studienjahres, chirurgisches Ambulatorium in Verbindung mit der chirurgischen Klinik; gerichtliche Medicin und Augenheilkunde je 1 Semester. Die genannten als ordentliche Vorlesungen.

Ausserordentliche Vorlesungen wurden gehalten: über Kinder-Heilkunde und Kinder-Pflege, über Psychiatrie, über pathologische Anatomie (zuerst seit 1852 in Verbindung mit der theoretischen Medicin), später durch einen eigenen Docenten und seit zwei Jahren durch einen der Lehranstalt zugetheilten Universitäts-Professor; ferner über Vergiftungen und über Prüfung der Nahrungs-Mittel, über Zahnheilkunde, über oculistische Casuistik.

Die durchschnittliche Zahl der Candidaten betrug jährlich beiläufig 140 in allen drei Jahrgängen. — Die demonstrativen Sammlungen waren nach der mehr als sparsamen Dotation immerhin bedeutend zu nennen.

Aus dem Erwähnten ist nun wohl ersichtlich, dass die medicinisch-chirurgische Lehranstalt allmälig die Vorläuferin der medicinischen Facultät wurde, und immerhin ihre Mutter genannt werden könne, wie sie ja auch schon früher der Hochschule einverleibt war und in neuester Zeit als derselben aggregirt betrachtet wird.

Die medicinisch-chirurgischen Lehranstalten können aber nur als temporäre Institute für eine gewisse Uebergangs-Periode, in welcher es eben an Aerzten mangelte, angesehen werden; sie haben so manchen Nutzen geschafft, und ich brauche mich hier nicht eines Weiteren auszubreiten, was sie in Krieg und Frieden dem Staate, den armen Gebirgs- und Landgemeinden für wesentliche Dienste geleistet, welche Lehrer selbst für höhere medicinische Bildungs-Anstalten aus ihnen hervorgegangen, und wie viele tüchtige Männer in unserer unmittelbaren Nähe wirken, welche ihre erste Bildung einer medicinisch-chirurgischen Lehranstalt verdanken. Es wäre also ungerecht, zu verkennen, dass die medicinisch-chirurgischen Lehranstalten eine für die Gesellschaft erspriessliche Wirksamkeit entfaltet.

Nichts destoweniger bleibt doch die an einer medicinisch-chirurgischen Lehranstalt erlangte Ausbildung (wenn sie nicht durch eigene Bemühung und weiteres Studium vervollständigt wird, da sie eben bei Vielen nur auf einem geringeren Grade der Vorbildung fusst, und auch der Kürze der Zeit wegen nur auf das für den practischen Wirkungskreis Wichtigste beschränkt bleiben muss), gegenüber der an einer Universität möglichen, auf gründliche Vorbildung sich stützenden, durch Lehrbehelfe jeder Art freigebig geförderten und dadurch in stetem Fortschritte begriffenen Fachbildung eine unvollkommene.

Wir können daher sagen, dass die medicinisch-chirurgischen Lehranstalten immerhin dem zeitweiligen Bedürfnisse nach Aerzten, welche nur mit den nothwendigsten practischen Kenntnissen ausgerüstet waren, in Ermanglung höher gebildeter Aerzte genügen konnten, und dass die ersteren an der Seite und zur Unterstützung der letzteren stets sehr wesentliche Dienste geleistet: dass aber allmälig bei der steigenden Anzahl höher gebildeter Aerzte die Nothwendigkeit der medicinisch-chirurgischen Lehranstalten entfällt, insoferne nämlich auf eine andere Weise für ärztliche Hilfsorgane, welche in den verschiedenen Verhältnissen des Lebens und der Gesellschaft als unentbehrlich erscheinen, gesorgt wird.

Was die Benützung des für den Unterricht reichlich gebotenen Materiales anbelangt, so kamen beiläufig 200 Fälle auf der medicinischen und fast ebenso viele auf der chirurgischen Klinik für durchschnittlich 40 bis 50 klinische Zuhörer zur Verwendung. Die Gebäranstalt mit über 1500 Geburten, die oculistische Abtheilung mit beiläufig 1000 Fällen, ein chirurgisches Ambulatorium mit etwa 150, ein pädiatrisches Ambulatorium mit etwa 100 Fällen lieferten das anderweitige klinische Materiale. Uebrigens hatte die chirurgische Klinik auch über eine sehr reichhaltige und werthvolle Instrumenten- und Bandagen-Sammlung, sowie über eine Bibliothek von nahezu 12,000 Nummern und zahlreiche Fach-Journale zu verfügen, welche insbesondere von einem damit verbundenen Lesevereine benützt wurden. Die anatomisch-physiologische Sammlung mit etwa 270, die pathologisch-anatomische Sammlung mit über 500 Nummern, die geburtshilfliche Sammlung mit etwa 160 Instrumenten und Apparaten, und beiläufig 100 physiologischen und pathologischen Präparaten, die pharmakognostische und pharmacodynamische Sammlung mit über 1500 Nummern, eine nicht unbedeutende chemisch-physicalische Sammlung mit etwa 100 Nummern, ein kleines Herbarium u. s. w., lieferten anderweitiges Lehrmateriale, ebenso wie zwei Kliniken mit je 20 Betten, 3 Hörsäle, 1 Secir-Saal, 1 chemisches Laboratorium und 1 kleiner botanischer Garten die für den öffentlich und unentgeldlich zu ertheilenden Unterricht bestimmten Localitäten bildeten.

Durch dieses Materiale, diese Localitäten und Einrichtungen, welche noch vor einigen Decennien vielleicht für eine medicinische Facultät genügt haben würden, war nun eine Grundlage gegeben, auf welcher eine den Anforderungen der Gegenwart entsprechende medicinische Facultät wenigstens weiter bauen, und welche, wenn sie mit strebsamen Lehrkräften und hinreichenden Mitteln versehen wurde, ihre Thätigkeit nicht allein der Pflege, sondern auch der Förderung der medicinischen Wissenschaften widmen konnte. *)

------

*) Aus den Männern, welche sich um die medicinisch-chirurgische Lehranstalt in längerer Wirksamkeit verdient gemacht, heben wir nur folgende hervor:

    a) die Directoren: von Plappart, Jos. v. Schöller, Lorenz von Vest, W. Streinz, Julius von Vest.

    b) die Professoren: Wimmer, Schallgruber, Mayer, Werle, Langer, Horn, Götz, Kömm, Rzehaczeck, Ferd. v. Schöller, Rigler, Schäfer, nebst mehreren verdienten Professoren, Suppleaten und Docenten in kürzerer Wirksamkeit.

III. Die neue medicinische Schule in Graz.

Durch die grossmüthige Unterstützung des Landes, der Stadt, sowie der steiermärkischen Sparcasse wurde nicht allein die vollständigere und bessere Einrichtung, sondern auch die zukünftige Dotation wenigstens zum grossen Theile sicher gestellt, und was noch fehlt, wird gewiss noch ergänzt werden. Mehrere ausgezeichnete jugendliche Lehrkräfte wurden der neugeschaffenen Facultät einverleibt, und ihren Wünschen bezüglich der entsprechenden Einrichtung ihrer Localitäten und Schaffung eines vollständigeren Lehrmaterials möglichst Rechnung getragen, während die älteren Lehrkräfte, welche dem Staate und der Wissenschaft bereits den grössten Theil ihres Lebens geopfert, nach gethaner Arbeit sich nach Ruhe sehnen, und das Bewusstsein in ihren wohlverdienten Ruhestand mit sich nehmen, auch mit geringeren Mitteln den Zeitverhältnissen entsprechend mannigfaltigen Nutzen geschafft, und Hunderte, ja wohl Tausende von Schülern für das Leben gebildet zu haben. Jene Lehrkräfte, welche von der älteren Schule zur neuen mitübersiedelten, welche zwar noch nicht hoch in Jahren, aber doch auch bereits eine längere Wirksamkeit hinter sich haben, erfreuen sich dankbar der Anerkennung ihrer Mitbürger und Collegen, und werden gewiss bereit sein, in collegialer Wechselwirkung ebensowol der fortschreitenden Wissenschaft zu dienen, wie ihre bisherigen Erfahrungen im Interesse der angehenden Standesgenossen zu verwerthen. Vieles ist in unserer neuen Schule bereits fertig, vieles noch in der Entwicklung begriffen. Die Kliniken, das wohleingerichtete Institut für Staats-Arzneikunde, das mit besonderer Bevorzugung ausgestattete physiologische Institut, das Institut für die Anatomie und zwar sowol für die Anatomie des gesunden, wie des erkrankten Organismus, sind, sowie das Institut für Pharmakologie, allgemeine Pathologie und Therapie, bereits in Thätigkeit; auch das Institut für physiologische und pathologische Chemie wird in kürzester Zeit dem Unterrichte geöffnet, während die Veterinärkunde ohnedies erst im Sommer-Semester zum Vortrage zu gelangen hat. Die Naturwissenschaften der philosophischen Facultät sind, wie schon in den Vorjahren, in geregeltem Gange.

Dieser Zustand der jungen Facultät im Beginne ihres ersten Semesters ist immerhin ein sehr befriedigender, und es dürfte kaum einem Zweifel unterliegen, dass diese schon jetzt nicht schwach besuchte Schule bei dem reichen Lehrmateriale und den Annehmlichkeiten des Aufenthaltes eine fortwährend steigende Frequenz aufzuweisen haben werde.

IV. Unsere Aufgabe für Schule und Leben.

Wenn wir die Bestimmung einer temporären Fachschule, wie es eine medicinisch-chirurgische Lehranstalt ist, vorzüglich in der rascheren Heranbildung von ärztlichen, wenn auch minder unterrichteten Standesgenossen zur Befriedigung eines dringenden Bedürfnisses für gewisse Verhältnisse der Gesellschaft finden, so kann ihre Aufgabe keine andere sein, als die bisher errungenen und practisch wichtigen Resultate der höher gebildeten Standesgenossen zum allgemeinen Besten nach Möglichkeit zu verwerthen.

Dieser zu gewissen Zeiten und an gewissen Orten ganz annehmbare Grundsatz verliert aber seine ganze Stütze, wenn bereits höher gebildete Aerzte dem Bedürfnisse genügen.

Dem Kranken die möglichst beste Pflege zuzuwenden, ist wol die Pflicht des Staates, dazu schafft und unterhält er Schulen, prüft diejenigen, welche sich in dieser Richtung verwenden lassen wollen, strenger, und sollte wohl nun auch die Verpflichtung übernehmen, diejenigen, an welche er höhere Anforderungen stellte, entsprechend zu entschädigen.

Wo und wann nun Aerzte gebraucht werden, sollte der Staat solche schaffen, er sollte dafür sorgen, dass dem Staatsbürger die ärztliche Obsorge werden könne, auch wenn derselbe den Arzt nicht zu entschädigen vermag, in ähnlicher Weise, wie ja auch die Existenz des Priesters selbst in den ärmsten Gegenden sichergestellt werden muss.

Eine mässige, nicht durch die Gemeinde, sondern durch den Staat gesicherte Entlohnung würde selbst den ärmsten Gegenden tüchtige, vorzüglich jüngere Aerzte zuführen, denen es dann ja stets wieder frei stünde, allmälig um bessere Plätze sich zu bewerben.

Insolange dieses Missverhältniss nicht ausgeglichen, liegt allerdings eine gewisse Wahrheit in der Behauptung, dass die Wundärzte für das Land noch fortwährend nothwendig seien, weil man es einem Doctor nicht zumuthen könne, sich unter ähnlichen Bedingungen, welchen der Wundarzt sich leichter fügen kann, auf das Land zu verbannen.

Wien heisst es, hat Ueberfluss an Aerzten und doch sucht man thatsächlich selbst in Niederösterreich zahlreiche Chirurgen für das Land. Das würde Alles anders sein und wird auch anders werden, zumal, wenn auch, was nicht zu bezweifeln, allmälig nur Diplome der gesammten Heilkunde, (die Medicin, Chirurgie, Augenheilkunde und Geburtshilfe, ebensowie Staatsarznei- und Veterinärkunde einschliessend) ausgestellt werden.

Wie oft bedauert der Arzt erst spät, dass er, als er dazu die beste Zeit und Gelegenheit hatte, nicht allseitiger für das Leben sich bildete.

So lange nun diese Uebelstände nicht entfernt sind, so lange den höher gebildeten Arzt nicht wenigstens eine bessere und mehr gesicherte Stellung für seine Verzichtleistungen auf dem Lande entschädigt, werden die Städte überfüllt mit höher gebildeten Aerzten sein und das Land wird sich mit minder gebildeten begnügen oder auch wol selbst diese in vielen Gegenden entbehren müssen, wenn sie daselbst auch noch so dringend bedurft werden. Das kann sich nur allmälig ausgleichen und wird jedenfalls durch die reichliche Zahl der Studirenden in den höheren Cursen und allmälige Verminderung ja Aufhebung der niederen Curse, ohne desswegen die Existenz der bereits in ihrer Wirksamkeit begriffenen Wundärzte zu beeinträchtigen, beschleunigt. *Dass dabei* aber auch unter Einem dafür gesorgt werden möge, ein besseres Wartpersonale in den einzelnen Land- (wohl auch Stadt-) Gemeinden heranzuziehen, unterliegt keinem Zweifel.

Diesen Zuständen gegenüber kann der erfahrenere Arzt den angehenden Standesgenossen nur den Rath ertheilen, sich jetzt, wo ihm Alles so willig geboten, so leicht zugänglich gemacht wird, für solche Verhältnisse der Praxis vorzubereiten.

Fühlt er den Beruf in sich, an dem Ausbaue der Wissenschaft, an der Forschung selbst sich zu betheiligen, so wird ihm an der Facultät vielfältige Gelegenheit geboten werden, da die Universitäten nicht nur berufen sind, für das practische Bedürfniss der Gesellschaft in hervorragender Weise und zwar im Geiste der fortschreitenden Wissenschaft zu sorgen, sondern auch die Wissenschaft selbst zu fördern.

Wollen wir uns nun, um unsere Aufgabe genauer zu bezeichnen, noch nach einigen anerkannten, ja berühmten medicinischen Schulen umsehen, um zu erfahren, was dort gelehrt und gelernt wird, was uns etwa noch fehlt, und wie wir den Anforderungen der Wissenschaft und des Lebens durch einen entsprechenden Studien-Plan gerecht zu werden im Stande sind.

Sehen wir zuerst nach unserer Kaiserstadt, deren medicinische Facultät in älterer und neuester Zeit besonders glänzend hervorragt.

A. An der medicinisch-chirurgischen Facultät zu Wien
wurden im Winter-Semester 18$^{62}/_{63}$ folgende Wissenschaften gelehrt (abgesehen von den an der philosophischen Facultät gelehrten zahlreichen mathematisch - naturwissenschaftlichen Fächern):

1. Medicinische Hodegetik,
2. Descriptive Anatomie,
3. Topographische Anatomie,
4. Vergleichende Anatomie,
5. Practische Anatomie (Secir-Uebungen),
6. Physiologie und höhere Anatomie,
7. Practische Histologie,

8. Pharmakognosie,
9. Allgemeine Pathologie,
10. Allgemeine Therapie,
11. Toxikologie,
12. Pathologische Anatomie (mit Secir-Uebungen),
13. Pathologische Anatomie der Missbildungen,
14. Specielle medicinische Pathologie u. Therapie nebst Klinik,
15. Specielle chirurgische Pathologie u. Therapie nebst Klinik,
16. Chirurgische Operations-Lehre,
17. Chirurgische Diagnostik an Ambulanten,
18. Operationen an den männlichen Harn- und Geschlechts-Organen,
19. Augenheilkunde nebst Klinik,
20. Augen-Operationen und Gebrauch des Augenspiegels,
21. Chirurgische Instrumenten- und Verbandlehre,
22. Zahnärztliche Instrumenten- und Operations-Lehre,
23. Gerichtliche Medicin nebst Uebungen in gerichtlichen Obductionen,
24. Rettungs-Verfahren beim Scheintode etc.,
25. Forensische Toxikologie,
26. Geburtshilfe nebst Klinik,
27. Gynäkologie nebst Klinik,
28. Geburtshilfliche Operations-Lehre,
29. Geschichte der Medicin und Epidemiologie,
30. Klinik der Haut-Krankheiten,
31. Klinik für Syphilis,
32. Theoretische Vorträge über Syphilis,
33. Kinder-Heilkunde nebst Klinik,
34. Kinder-Poliklinik,
35. Lehre über Percussion und Auscultation,
36. Laryngoskopie und Rhinoskopie,
37. Zahnheilkunde,
38. Practische Psychiatrie nebst Klinik,
39. Ohrenheilkunde,

40. Pathologische Anatomie und Diagnostik der Gehörkrank-
heiten,
41. Electrotherapie,
42. Homöopathische Klinik,
43. Heilquellen-Lehre mit Demonstrationen,
44. Physiologische und pathologische Chemie u. Mikroskopie
nebst practischen Uebungen,
45. Qualitative Analyse der thierischen Flüssigkeiten,
46. Vaccination nebst practischen Uebungen darin.

A n m e r k u n g. Diese Wissenschaften finden theilweise auch eine 2—3, ja 4fache Vertretung.

Im S o m m e r - S e m e s t e r wurde ausser den genannten
Fächern noch vorgetragen:
47. Entwicklungsgeschichte der Wirbelthiere,
48. Pharmakologie,
49. Pharmakognostische Demonstrationen,
50. Receptirkunde,
51. Genussmittel, welche zum Rauchen und Schnupfen ver-
wendet werden,
52. Apotheker-Medicinal-Verordnungen,
53. Die Lehre von den Luxationen,
54. Klinische Propädeutik,
55. Vergleichende Anatomie der Haussäugethiere,
56. Seuchenlehre und Veterinär-Polizei.

B. An der heilwissenschaftlichen Facultät zu Leipzig

wurden im S o m m e r - H a l b j a h r e 1862 folgende Wissenschaften gelehrt:

I. P r o p ä d e u t i k u n d G e s c h i c h t e d e r M e d i c i n:
1. Einleitung in das Studium der Medicin,
2. Formelle Encyclopädie der Medicin mit Hodegetik,
3. Abriss der Geschichte und Bücherkunde der Medicin.

II. A n a t o m i e:
4. Mikroskopische Anatomie,
5. Knochen- und Bänder-Lehre,

6. Nerven-Lehre,
7. Gewebe-Lehre des Menschen,
8. Vergleichende Anatomie der Wirbelthiere.

III. Physiologie:
9. Physiologie und mikroskopische Anatomie,
10. Entwicklungsgeschichte,
11. Experimental-Nerven-Physiologie,
12. Physikalisch-physiologische Uebungen,
13. Repetitorium der Physiologie.

IV. Allgemeine Pathologie und Therapie:
14. Pathologische Anatomie mit Sectionen und mikroskopischen Demonstrationen,
15. Pathologische Histologie,
16. Physikalische Diagnostik,
17. Laryngoskopische Uebungen.

V. Hygienie:
18. Private und öffentliche Hygienie,
19. Hygienie und Medicinal-Polizei.

VI. Arzneimittel-Lehre, Receptirkunst und Pharmacie:
20. Arzneimittel-Lehre, Receptirkunst und Deutschlands Heilquellen,
21. Toxikologie mit Experimenten,
22. Pharmacie,
23. Pharmaceutisches Practicum,
24. Pharmaceutisch-botanische Excursionen.

VII. Specielle Pathologie und Therapie:
25. Pathologie und Therapie der Constitutions-Krankheiten,
26. Ueber die wichtigsten Krankheiten der Weiber,
27. Ueber die Krankheiten des Schlund- und Kehlkopfes,
28. Ueber die Krankheiten der Schwangeren, Gebärenden und Wöchnerinnen,
29. Ueber Kinder-Heilkunde.

54. Chirurgische Poliklinik,
55. Klinik der Krankheiten der Augen und Ohren,
56. Practische Vorträge über Ohrenkrankheiten,
57. Klinik der Augenkrankheiten,
58. Geburtshilfliche und gynäkologische Klinik und Poliklinik.

XIII. Gerichtliche Arzneiwissenschaft:

59. Gerichtliche Medicin,
60. Toxikologie mit Experimenten über die chemische Nachweisung der Gifte,
61. Medicinal-Polizei der Nahrungsmittel,
62. Medicinal-Polizei und Hygienie,
63. Staatsärztliches Practicum.

C. Studien-Plan.

Aus der Vergleichung unserer Lehrfächer mit denen zu Wien und Leipzig ist ersichtlich, dass die Hauptfächer wohl alle, aber die Specialitäten nur wenig vertreten sind, was nur erst allmälig seine Erledigung finden kann.

Vorausgesetzt, dass der Studirende die Medicin aus wahrer Neigung, aus innerem Berufe gewählt habe, bleibt doch nach der Persönlichkeit noch viel zu individualisiren.

Eines zum Anderen gehalten, wird es aber wol bei den Meisten eines sechsjährigen Studiums bedürfen, um die medicinischen Fächer gründlich sich eigen zu machen, ein kürzerer Zeitraum ist nur den in den Naturwissenschaften bereits Erfahrenen anzurathen. Die ersten drei Jahre sollten der mathematisch-naturhistorischen und physiologischen Ausbildung gewidmet werden; Mathematik, Physik und Chemie auf der einen Seite, Mineralogie, Botanik und Zoologie auf der andern Seite sollten in vorbereitender und ergänzender Weise getrieben werden. Gleich in der ersten Zeit sollte auch der Schwierigkeit und Wichtigkeit des Gegenstandes wegen die Anatomie in Angriff genommen werden; diese Studien wür-

den die ersten zwei Jahre ausfüllen und im dritten Jahre das
Studium der Physiologie mit ihren näheren Hilfswissenschaften vorgenommen werden. Die zweite Hälfte der Studienjahre wäre zum Studium des Lebens im kranken Zustande und
dessen Behandlung bestimmt. Im vierten Studienjahre würde
der Zuhörer durch die allgemeine Pathologie mit ihren
Hilfswissenschaften, der pathologischen Anatomie und
Chemie in das Gebiet der Pathologie, und durch die allgemeine Therapie mit Einschluss der Heilmittellehre
und Hygienie in das der Therapie eingeführt; und so vor-
bereitet würde er die letzten zwei Studienjahre in gehöriger Stu-
fenfolge der medicinischen und chirurgischen Klinik,
sowie der Staatsarzneikunde widmen, und obwol schon
in der vorauszuschickenden Hodegetik ein kurzer geschichtlicher
Ueberblick der allmäligen Entwicklung der medicinischen Wissenschaften erwünscht erscheint, so wird doch am Schlusse ein
ausführlicheres Studium der Geschichte der Medicin ein
sehr fruchtbares Unternehmen sein *). Nach Vollendung an der
Hochschule sollen dann die grossen Hospitäler Europa's oder
wenigstens Deutschlands die gesammelten Kenntnisse für das
practische Leben abrunden helfen. Humanität, Collegialität, zarte
Rücksicht auf das Familiengeheimniss, Opferwilligkeit und Streb-
samkeit werden nicht ermangeln, wenn auch langsam, so doch
sicher zu einem guten Ziele zu führen.

---

*) Siehe Prof. A. Förster's Methodologie.

Druck von A. Leykam's Erben.